Catalogage avant publication de Bibliothèque et Archives nationales
du Québec et Bibliothèque et Archives Canada

Gravel, François

OK pour le hockey!

(Les histoires de Zak et Zoé ; 3)
Pour enfants de 8 à 10 ans.

ISBN 978-2-89591-110-4

I. Germain, Philippe, 1963-   . II. Titre.

PS8563.R388O3 2011   jC843'.54   C2010-940944-2
PS9563.R388O3 2011

Tous droits réservés
Dépôts légaux: 1er trimestre 2011
Bibliothèque nationale du Québec
Bibliothèque nationale du Canada
ISBN 978-2-89591-110-4

© 2011 Les éditions FouLire inc.
4339, rue des Bécassines
Québec (Québec) G1G 1V5
CANADA
Téléphone: 418 628-4029
Sans frais depuis l'Amérique du Nord: 1 877 628-4029
Télécopie: 418 628-4801
info@foulire.com

Les éditions FouLire reconnaissent l'aide financière du gouvernement du
Canada par l'entremise du Fonds du livre du Canada pour leurs activités
d'édition.

Elles remercient la Société de développement des entreprises culturelles du
Québec (SODEC) pour son aide à l'édition et à la promotion.

Elles remercient également le Conseil des Arts du Canada de l'aide accordée
à son programme de publication.

Gouvernement du Québec – Programme de crédit d'impôt pour l'édition de
livres – gestion SODEC

IMPRIMÉ AU CANADA/PRINTED IN CANADA

Les histoires de **Zak** et **Zoé**

OK pour le hockey !

François Gravel

Illustrateur : Philippe Germain

Chapitre 1
DRÔLES DE MUSCLES !

– Et alors, les zozos, ça avance ? demande madame Mélissa.

– Ça roule ! répond Zoé.

– Dans ce cas, je vous laisse tranquilles ! Amusez-vous bien !

J'aime beaucoup madame Mélissa. Tant que nous travaillons à inventer des histoires, elle ne vient pas nous déranger. Si elle passe parfois nous voir, c'est toujours pour nous encourager. Elle nous appelle souvent ses deux zozos, parce que nos deux prénoms commencent par Z.

Mon amie s'appelle Zoé, et moi, c'est Zak. Nous formons une belle équipe, tous les deux. Zoé a beaucoup d'imagination et elle a une belle écriture. J'ai de l'imagination, moi aussi, et je suis très patient, surtout quand vient le temps de fouiller dans le dictionnaire.

– Je me demande si zozo est vraiment un mot, me dit justement Zoé.

– Laisse-moi vérifier... Voilà, j'y suis.

Ça signifie garçon niais et maladroit.

– Ce n'est pas très gentil!

– Je suis sûr que madame Mélissa ne connaît pas la véritable définition. Si elle nous appelle ses zozos, c'est parce que ce mot lui chatouille le bout de la langue et que ça la fait rire.

– Tu as sûrement raison. Mais revenons à notre projet: à quel sport allons-nous jouer, maintenant?

– Au hockey, bien sûr!

Mais je n'ai jamais patiné!

La réaction de Zoé ne me surprend pas : elle n'aime pas le hockey. Moi, c'est mon sport préféré. Il faudra que je trouve de bons arguments si je veux la convaincre.

– Ça ne t'empêchera pas de compter autant de buts que tu voudras grâce à notre machine magique. Rappelle-toi les jeux extraordinaires que nous avons réussis au soccer ! Nous avons même battu une équipe de baseball d'élite à nous deux ! Tu seras excellente, j'en suis sûr ! Cette fois-ci, en plus, nous aurons un entraîneur très gentil. Ça fera changement.

S'il est aussi gentil que tu le dis, son équipe n'a pas besoin de nous !

– Au contraire ! M. Philippe a un gros problème : son équipe n'a jamais remporté une seule partie. À chaque match, les parents l'accusent de ne pas être assez dur avec les joueurs et menacent de le remplacer par un dictateur qui ne sourit jamais!

– Dans ce cas, il mérite qu'on l'aide, c'est vrai. Je préparerai ma machine magique en conséquence. Quel sera notre mot de passe, cette fois?

– Attends un peu que je fouille dans le dictionnaire... Que penses-tu de *zygomatique*?

– Drôle de mot! Qu'est-ce que ça veut dire?

– Les muscles zygomatiques sont ceux qui font relever les coins de notre bouche quand on sourit.

– Excellente idée !

– Dans ce cas, rendez-vous à la patinoire samedi matin, à 7 heures. Et n'oublie surtout pas tes patins ! Tu en auras besoin !

– J'espère que j'aurai aussi besoin de mes muscles zygomatiques !

Chapitre 2
LA MISE AU JEU

Quand nous arrivons à l'aréna, nous sommes impressionnés par les lieux. Zoé regarde d'un air inquiet l'immense patinoire et les gigantesques cadrans.

– J'espère que notre machine fonctionnera bien, ici, me dit-elle. Sinon, je n'aurai pas l'air intelligente sur mes patins!

– Je ne suis pas très bon patineur, moi non plus, rassure-toi!

Nous plaçons la machine magique de Zoé loin dans les gradins, derrière le but, et nous allons ensuite rejoindre M. Philippe dans le vestiaire.

– Ah, voici mes deux nouveaux champions! s'exclame-t-il en souriant. Vous avez bien fait d'arriver si tôt: ce n'est pas aussi facile qu'on pense d'enfiler un uniforme de joueur de hockey, surtout la première fois! Ça tombe bien, je viens tout juste de recevoir des équipements neufs. Nos chandails sont maintenant mauves, et les casques jaunes. Drôles de couleurs!

Il ouvre un grand sac et en sort des jambières, des casques, des plastrons, des culottes, des protège-coudes, des épaulettes, des chandails, des bas, des jarretières... Il nous faut une bonne demi-heure pour en trouver à notre taille. Quand nous avons fini de nous habiller, Zoé arrive à peine à bouger! Et elle n'a pas encore chaussé ses patins, imaginez!

Les autres joueurs arrivent un à un. Comme ils sont habitués, ils se préparent beaucoup plus vite que nous, mais M. Philippe doit tout de même aider certains à lacer solidement leurs patins.

Quand tout le monde est prêt, M. Philippe fait un discours.

– Nous avons deux nouveaux joueurs, annonce-t-il. Ils s'appellent Zak et Zoé, et ils n'ont jamais joué au hockey. Peut-être qu'ils ne patineront pas aussi bien que vous, peut-être qu'ils commettront des erreurs. Mais rappelez-vous que vous avez déjà été débutants, vous aussi. Je compte sur vous pour les encourager. Et n'oubliez pas que nous sommes ici pour nous amuser !

Mes amis m'avaient dit que M. Philippe était très gentil. Ils avaient raison ! Il sourit tellement qu'il doit avoir les muscles zygomatiques fatigués à la fin de la journée. Ça nous change de M. Didier, notre entraîneur de soccer, et de M. Bergeron, notre entraîneur de baseball !

Les joueurs semblent de bonne humeur, eux aussi. En sortant de la chambre, ils lancent leur cri de ralliement:

– C'est nous, les galoches! On n'est pas des fantoches! On a des roches dans les poches, on saute une coche dans nos caboches, tant pis pour les moches!

Ce n'est pas très guerrier, mais ça nous fait rigoler.

Quand la partie commence, Zoé et moi, nous faisons partie du premier trio. Je vais prendre mon poste au centre, mais Zoé ne sait pas où se placer. L'arbitre doit le lui expliquer, et elle tombe trois fois avant d'atteindre le cercle de la mise au jeu.

Je ne suis pas tellement plus habile : je n'ai patiné que deux fois dans toute ma vie, et je ne sais pas comment tourner à gauche ni comment freiner. Si je n'avais pas mon bâton, je serais sûrement tombé, moi aussi.

J'entends des spectateurs rire dans les gradins, et les joueurs de l'autre équipe se moquent de nous.

– Allez apprendre à jouer, espèces de schtroumpfs! lance le joueur qui me fait face.

– Retournez à la garderie! crie un défenseur. Ce n'est pas une place pour les bébés!

– On va vous écraser 12 000 à 0! hurle leur gardien de but.

Certains parents lancent des insultes qui ne se trouvent même pas dans le dictionnaire. D'après ce que je peux comprendre, cependant, ces insultes ne s'adressent pas à nous, mais à notre instructeur, et elles proviennent des parents des joueurs de notre équipe !

– Tu aurais pu te forcer pour trouver des joueurs qui savent patiner !

– Tout ce que tu réussis à leur montrer, c'est à perdre !

Le plus débile d'entre eux est muni d'un porte-voix.

– On veut un instructeur! On veut de vrais joueurs! On veut gagner! Ga-gner! Ga-gner!

S'ils savaient ce qui les attend, ils y penseraient à deux fois avant d'ouvrir la bouche!

Aussitôt que l'arbitre laisse tomber la rondelle, je fais un clin d'œil à Zoé, et nous prononçons en même temps notre mot magique: ZYGOMATIQUE

Nous allons bien nous amuser!

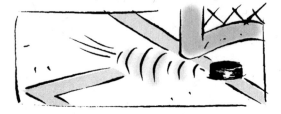

Chapitre 3
UNE PREMIÈRE PÉRIODE CAPTIVANTE !

Je m'empare de la rondelle aussitôt
qu'elle tombe sur la glace. Sans bouger
de mon poste, je fais une série de
feintes tellement époustouflantes que
mon adversaire s'emmêle dans ses
patins et s'étale de tout son long
sur la patinoire. Heureusement
qu'il porte un casque !

Un autre adversaire se dirige vers moi pour m'enlever la rondelle, mais j'exécute d'autres feintes si habiles que, ne sachant plus où donner de la tête, il se met à tourner sur lui-même comme un patineur artistique. S'il continue comme ça, il fera bientôt un trou dans la glace!

Je décoche une longue passe à Zoé. Celle-ci frappe la rondelle aussi fort qu'elle peut, mais elle se trompe de direction et la lance vers notre propre filet! Il n'y a heureusement pas de quoi s'inquiéter : un petit coup de ⟨ZYGOMATIQUE⟩ suffit pour modifier la trajectoire.

La rondelle frappe les deux poteaux de notre but, rebondit sur la bande, puis sur les patins de trois de nos adversaires avant de se retrouver dans le but adverse! Nous avons réussi à compter sans même quitter le cercle de la mise au jeu!

Les spectateurs sont tellement étonnés qu'ils oublient d'applaudir. Derrière la vitre, bouche bée, ils ressemblent à des poissons dans un aquarium.

Le seul qui réagit, c'est le père qui a un porte-voix :

Ce n'est qu'un but chanceux! Vous ne savez pas jouer au hockey! Dehors, les bébés! On veut changer d'instructeur!

Il croit que c'est un but chanceux ?
Il n'a encore rien vu ! Quand l'arbitre
laisse tomber la rondelle pour la
deuxième mise au jeu, je m'en empare
et la lance droit devant moi.

Elle ricoche sur le patin d'un adversaire, s'élève dans les airs en virevoltant, retombe sur le casque du juge de lignes, rebondit jusqu'à la vitre de protection, où elle ricoche

encore une fois pour aboutir sur le bâton de Zoé. Mon amie réussit à la frapper mais tombe sur la glace en même temps.

Peu importe : la rondelle aboutit sur la jonction de la bande de bois et de la baie vitrée, et elle fait le tour de la patinoire en roulant dessus. Quand elle arrive derrière le but de nos adversaires, elle monte très haut, retombe directement sur le casque du gardien de but, atterrit tout juste derrière lui et finit par s'immobiliser sur la ligne.

Le gardien se tourne pour mettre la main dessus, mais il la pousse accidentellement dans son propre but ! Nous menons 2 à 0 !

Une fois de plus, les spectateurs restent muets et comme paralysés. Même celui qui a un porte-voix ne trouve rien à hurler.

M. Philippe nous fait signe de regagner le banc pour laisser à d'autres la chance de jouer.

Je m'attendais à ce qu'il nous félicite, mais il a plutôt l'air fâché.

– Vous deux, nous dit-il, vous restez ici jusqu'à la fin de la période. Je ne sais pas comment vous vous y prenez, mais je suis sûr que vous trichez ! Je ne veux pas de ça dans mon équipe !

Je dois admettre qu'il a un peu raison. C'est amusant pour nous de jouer de cette manière, mais ce n'est pas juste pour nos adversaires. J'accepte ma punition sans rechigner. Ce que je trouve frustrant, cependant, c'est de ne pas pouvoir aider mes coéquipiers. Ils en auraient bien besoin ! Quand la sirène se fait entendre, nos rivaux ont remonté la pente et mènent 5 à 2.

– Bande de pourris ! crie l'homme qui a un porte-voix. Vous êtes des nuls, et vous êtes dirigés par le nul des nuls !

Je me suis promis de ne pas intervenir dans le cours de la partie, mais rien ne m'empêche de donner une leçon aux spectateurs !

– On veut changer d'instructeur ! continue de crier le père qui tient le porte-voix. On veut gagner ! Ga-gner ! Ga-gner !

Je le laisse s'égosiller encore un peu, puis je chuchote un ⟨ZYGOMATIQUE⟩ en direction de la boîte. Heureusement que Zoé l'a dotée d'une antenne ultra-sensible qui lui permet de capter ma voix malgré le vacarme ! Une seconde plus tard, ce que j'espérais se réalise : le spectateur continue à hurler, mais sa voix ressemble maintenant à un klaxon de bicyclette !

Il crie toujours *ga-gner*, *ga-gner*, mais ça ressemble plutôt à *pouet-pouet*!

Voyant que tous les autres spectateurs se moquent de lui, il se tait. Il essaie de manipuler les commandes de son porte-voix pour le réparer, mais de la fumée mauve se dégage bientôt de sa machine et répand une odeur nauséabonde autour de lui. Plus il tourne ses boutons, pire c'est: le nuage devient de plus en plus épais et tache sa peau et ses vêtements. Il est maintenant mauve de la tête aux pieds!

– Ça pue! protestent les parents. Sortez d'ici! Allez-vous-en!

Il n'insiste pas: il quitte les gradins, la tête entre les jambes, emportant son porte-voix et ses mauvaises odeurs avec lui.

Je suis bien content de mon coup, mais je ne suis pas au bout de mes peines : M. Philippe utilise ses muscles zygomatiques, mais à l'envers, cette fois-ci. Il a l'air encore plus fâché que tout à l'heure et il me fait de gros yeux. Aussitôt que la sirène annonce la fin de la période, il se penche vers Zoé et moi et nous dit à voix basse : «Vous deux, venez avec moi ! J'ai à vous parler ! »

Chapitre 4
TEMPS D'ARRÊT

Pendant que les autres prennent une pause sur le banc des joueurs, M. Philippe nous emmène dans le corridor. Il nous parle tout bas pour que personne ne l'entende, mais il est facile de deviner qu'il est très fâché contre nous.

– Il n'y a rien que je déteste plus que les tricheurs! gronde-t-il. Pensez-vous que c'est juste pour nos adversaires? Vous imaginez-vous que je peux me réjouir de gagner en trichant? Si j'avais su, je ne vous aurais jamais laissé jouer dans mon équipe!

Je garde la tête basse, et je me dis qu'il a raison. Je suis sur le point de lui présenter mes excuses quand Zoé prend la parole :

– Je suis désolée de vous contredire, commence-t-elle, mais vous nous accusez sans avoir la moindre preuve de ce que vous avancez. Nous n'avons pas triché. Nous nous sommes simplement servis de notre imagination, c'est différent. Et puis notre but n'était pas de gagner, mais de donner une leçon à certains spectateurs. Entre vous et moi, vous devez admettre que l'homme qui avait un porte-voix méritait ce qui lui est arrivé.

– ... Je dois dire que je n'étais pas fâché de voir ses paroles se retourner contre lui ! admet M. Philippe.

Je remarque bientôt que ses muscles zygomatiques ne savent pas trop comment réagir : un coin de sa bouche reste abaissé, mais l'autre se relève.

– Et même si nous avions triché, reprend Zoé, est-ce si grave ? L'important n'est-il pas de nous amuser, comme vous l'avez dit ?

– C'est vrai, mais pas de n'importe quelle manière !

– Et si je vous disais que j'ai une bonne idée pour que *tout le monde* s'amuse ?

– Je t'écoute…

Zoé explique son plan, et M. Philippe hoche la tête en souriant. J'avais prévu une autre fin pour cette partie, mais l'idée de Zoé est tellement amusante que je m'y rallie. Les bonnes idées, il faut en profiter !

Les spectateurs ne savent pas qu'ils assisteront bientôt à un des matchs les plus bizarres de l'histoire du hockey !

Chapitre 5
UN MATCH ENDIABLÉ !

Nos adversaires commencent la période comme des lions. Ils s'attardent dans notre territoire et multiplient les passes, mais ne réussissent jamais à marquer : ils ont beau lancer de tous les angles, notre gardien réussit chaque fois des arrêts spectaculaires grâce à notre boîte magique. À chaque tir au but, je chuchote un ZYGOMATIQUE et la rondelle aboutit sur la jambière de notre gardien, ou sur son bâton, ou encore sur le poteau.

Je les laisse lancer autant qu'ils veulent pour réchauffer notre gardien, puis je m'organise pour que la rondelle frappe son casque, monte très haut dans les airs, retombe au centre de la patinoire, se mette à faire de drôles de bonds et pénètre dans le but adverse. Non seulement notre gardien a arrêté toutes les rondelles qui se dirigeaient vers lui, mais il a réussi à marquer avec sa tête! Ce but-là, il s'en souviendra toute sa vie!

– Ils sont chanceux! dit un des joueurs de l'autre équipe.

– Ouais! Chanceux pourris! crie un deuxième.

– Ils ne sont même pas capables de compter de beaux buts! hurle un troisième.

« Ils veulent de beaux buts ? Ils vont en avoir ! » décide Zoé en sautant sur la glace. Je lui laisse le contrôle de la machine, et elle fait en sorte que nos défenseurs comptent deux buts : le premier décoche un tir frappé tellement puissant que le filet se déchire, et le deuxième réalise une montée spectaculaire, contournant tous les joueurs sur son passage, et terminant par un tir du poignet qui semble se diriger vers le gardien, mais qui fait une courbe au dernier moment pour le déjouer ! Nos adversaires sont éblouis : quelqu'un a-t-il jamais entendu parler d'un joueur de hockey qui lance des courbes ?

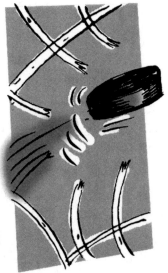

Le compte est de 5 à 5! Nous pouvons maintenant nous amuser à faire compter un but bizarre à chacun des joueurs des deux équipes, à tour de rôle. À la fin de la deuxième période, le compte est de 12 à 12!

Même le gardien de l'équipe adverse, celui qui hurlait au début de la partie, a eu droit à notre boîte magique: un petit coup de ZIGOMATIQUE, et son faible dégagement s'est transformé en un lancer puissant qui a pris notre gardien au dépourvu.

Les parents des joueurs des deux équipes sont tellement contents qu'ils en oublient de critiquer. Ils n'en auraient pas le temps de toute façon, puisqu'ils sont toujours occupés à applaudir!

Au début de la troisième période, l'excitation est à son comble. Qui donc gagnera ce match de fous? Lorsque l'arbitre met la rondelle en jeu, tous les spectateurs sont assis sur le bout de leur banc.

Chapitre 6
UNE FIN DE MATCH CAPTIVANTE !

Pour la troisième période, Zoé et moi avons décidé de faire plaisir aux gardiens de but. Ils ont dû encaisser 12 buts chacun, ça suffit! Les tirs ont beau leur parvenir de tous les angles, ils bloquent tout! Ils sont maintenant invincibles.

Pour que le jeu soit encore plus spectaculaire, nous faisons patiner les joueurs à toute vitesse, et nous ajoutons de la puissance à leurs lancers. Nous amplifions aussi les bruits, pour que ce soit encore plus excitant. La rondelle fait **Boum!** en frappant les jambières des gardiens, **Pog!** sur leur bâton et **Klonk!** en rebondissant sur les poteaux.

Les parents suivent le match en retenant leur souffle : ils n'ont jamais vu d'aussi beaux jeux, même chez les professionnels !

Quand il ne reste plus que dix secondes au tableau, notre instructeur demande un temps d'arrêt. J'en profite pour me tourner vers Zoé.

– Je propose qu'on fasse gagner l'équipe de M. Philippe à la dernière seconde. Qu'est-ce que tu en penses ?

– Je préfère que ce soit un match nul, répond Zoé. M. Philippe a raison : gagner en trichant, ce n'est pas intéressant.

Nous n'avons pas le temps de discuter plus longtemps : l'arbitre nous convoque pour la mise au jeu ! Qu'allons-nous faire ?

Tant pis pour Zoé : je décide de compter moi-même le but gagnant. Un petit coup de ZYGOMATIQUE et je m'empare de la rondelle, que je lance de toutes mes forces vers le but adverse. Mais Zoé crie ZYGOMATIQUE elle aussi, et la rondelle s'arrête à mi-chemin. Je crie ZYGOMATIQUE à mon tour, et la rondelle avance de quelques mètres avant d'être arrêtée par Zoé, et ainsi de suite jusqu'à ce qu'elle s'immobilise tout juste sur la ligne de but au moment même où la sirène annonce la fin du match.

C'est donc un match nul, comme le souhaitait Zoé. Je ne lui en veux pas: quand on y pense, tout le monde a gagné! En plus, c'est le premier match de la saison que l'équipe de M. Philippe ne perd pas: on peut certainement parler de victoire morale!

Chapitre 7
LA BOÎTE MAGIQUE

– Il était temps que ce match finisse, nous dit M. Philippe dans le vestiaire. Certains parents ont failli mourir d'une crise cardiaque, et moi aussi ! Êtes-vous contents, les amis ?

– OUI ! répondent en chœur tous les joueurs.

Ils ont de quoi être contents : chaque joueur a un drôle de but à raconter, et tout le monde a la chance d'utiliser ses muscles zygomatiques.

Les parents qui viennent chercher leurs enfants sont de bonne humeur, eux aussi, et personne ne songe plus à remplacer l'instructeur. L'équipe de leur enfant n'a peut-être pas gagné, mais ils ont eu droit à tout un spectacle !

Zoé et moi mettons plus de temps que les autres à enlever notre équipement, et nous sommes les derniers à partir. Il ne nous reste plus qu'à récupérer notre précieuse boîte magique dans les gradins.

Ce que nous ne savons pas, c'est que M. Philippe nous a suivis discrètement…

– Ah! ah! s'exclame-t-il quand il aperçoit notre machine. C'est donc ça, votre secret! Je suis vraiment curieux de voir ce qui se trouve là-dedans!

– Je ne le vous dirai pas, réplique Zoé.

– … Pourquoi pas?

– Parce que je ne veux pas, un point c'est tout. C'est moi qui ai inventé cette machine, et je ne la montrerai à personne... du moins, pas pour l'instant. Connaissez-vous madame Mélissa, qui enseigne à l'école?

– Je la connais bien, oui... Pourquoi me poses-tu cette question?

– C'est elle qui nous a donné l'idée de ce projet, et c'est elle la première à qui nous expliquerons le fonctionnement de notre boîte, quand le moment sera venu.

Je me mêle alors à la conversation :

– Inutile d'insister, croyez-moi ! Je travaille en équipe avec Zoé depuis le début de l'année scolaire, et je n'en sais pas plus que vous ! Tout ce que je peux vous dire, c'est que sa machine fonctionne à merveille !

– En effet ! convient M. Philippe. Puisque c'est comme ça, je m'incline. En tout cas, je vous remercie : nous avons eu droit à un match mémorable !

Nous sortons tous les trois de l'aréna. À l'extérieur, une surprise nous attend. Un homme est là, tenant un calepin dans sa main.

– Il paraît que j'ai manqué tout un match, nous dit-il. Est-ce que je peux vous demander votre autographe ? Vous finirez tous les deux dans la Ligue nationale, j'en suis sûr !

Je le regarde tandis que Zoé signe son autographe, et soudain je le reconnais : c'est le père qui avait un porte-voix et qui a été expulsé du match à la première période! Je suppose qu'il est retourné se laver à la maison et qu'il est revenu à temps pour chercher son fils.

Je lui signe un autographe à mon tour, puis je me tourne vers Zoé:

– Penses-tu vraiment que nous jouerons un jour dans la Ligue nationale?

– C'est fort possible, oui... À condition que ce soit la Ligue nationale de l'imagination!

C'est vrai que ce serait une bonne idée! Si ça existait, j'irais vite m'y inscrire... à condition que ce soit avec Zoé!

Mot sur l'auteur, François Gravel

François Gravel n'a jamais joué au hockey dans une équipe organisée, mais il a vu des centaines de matchs à la télévision, et il a très souvent compté le but victorieux du septième match de la coupe Stanley... en imagination !

Mot sur l'illustrateur, Philippe Germain

Jeune, Philippe Germain dessinait déjà, mais il était aussi gardien de but : le meilleur de toute sa ruelle ! Pas question d'avoir un masque. Et pas question de laisser passer les balles ou les rondelles, peu importe leur force et leur hauteur. Voilà pourquoi il dessinait des gardiens avec plein de prunes... à son image ! Il avait pour héros le grand Ken Dryden.

Les histoires de **Zak** et **Zoé**

Auteur : François Gravel
Illustrateur : Philippe Germain

Série Sports extrêmes

1. Du soccer extrême !
2. Ça, c'est du baseball !
3. OK pour le hockey !
4. Il pleut des records (automne 2011)

Série Cinéma extrême

À venir

MARQUIS

Québec, Canada

RECYCLÉ
Papier fait à partir
de matériaux recyclés
FSC® C103567

Imprimé sur du papier Enviro 100% postconsommation
traité sans chlore, accrédité ÉcoLogo et fait à partir de biogaz.

    BIO GAZ